새는 왜 내 입안에 집을 짓는 걸까

손남숙

시인의 말

놀라워라
그것이 어떻게 시작되었는지 너는 아는가
나는 아무 말도 하지 않았네
다만 잎사귀에 스민 애벌레의
조용한 마음이기는 했고
주름을 거느린 꽃의 진심이기도 했고
날개를 가진 생명들이 붕붕거리는 것이기도 하여
어둠 속의 흰 눈
소리가 나지 않는 꿈
그래서 그것이 어떻게 시작되었는지 묻지 않고
계속 걷기만 했네

2020년 겨울 입구

손남숙

새는 왜 내 입안에 집을 짓는 걸까

차례

1부 꽃이 운다면

2부 새들은 색을 잘 사용한다

3부 너는 나를 만나려고 거기서부터 시작했고

4부 시절의 서약은 어디에 두었지

해설

1부

꽃이 운다면

우리는 매일 사라진다

우리는 매일 사라진다
멈출 수가 없다 사라지는 일을
매일 사라지기 위해 아침에 일어나고 저녁에 집으로 간다
밥을 먹을 때도
잠을 잘 때도 조금씩 죽어 가는 우리
아침이 밝아 온다
계속 죽어 갈 수 있다

꽃이 운다면

어느 집 슬레이트 지붕 골짜기로 흘러 내려오는 붉음 같겠지
박태기는 선명한 분홍색을 핏물처럼 빼내는 중이었어
빈집 꼭대기 위로 올라가 하염없이
머나먼 길을 돌아온 어느 자식의 긴 밤을 같이 보내려던 것이었지
마침 곁에는 밤새 엿듣는 나무가 있었어
벚나무는 우연히 흘러 들어온 방랑객처럼 그 집 마당 구석에 서 있었지 뭔가
운명처럼 서로를 맞대 보는 날도 있는 거지

봄날에 먼저 쏟아지는 건 벚꽃이야
흩날리며 제 울음을 바삭하게 말려 보내면
옆에서 가만히 들어 주던 박태기가 별안간 깜짝 놀랄 분홍색을 만들어
슬그머니 금이 간 슬레이트 지붕 사이로 꽃들의 눈물이 배어 들어가

눈물은 천장을 타고 무너져 가는 서까래 밑으로 떨어지겠지
삐걱거리던 마루는 다 뜯겨 나가고 없어
꽃잎들이 낱낱이 듣고 새기던 나날은 우묵한 먼지와 같이 쌓였겠지

희고 붉은 꽃들이 떨어지는 날에는 어김없이 그 마당에
커다란 우물 같은 눈망울이 생겨나
그렁그렁 맺히는 사월을 누가 알까
꽃이 운다면 저와 같겠지
색이 없는 마디에서 색이 돋고
가지마다 향기로운 길을 열어도 아무도 놀라지 않네
빈집에 나무와 나무만이 서로 울어 준다

숲의 나무들에게 물결을

깊은 골짜기에서 불어오는 바람소리는 바닷가 높은 절벽 아래 부딪치며 다가오는 파도 소리를 닮았다
쓰아아아아아 연달아 계속 소리를 만들어낼 뿐이지만 단 한 번의 강약만으로도 잊을 수 없는 음악이 된다

소리의 연쇄성은 이미 살아 있는 생명체로 작동하는 것
위에서 아래로 굴러오거나 산등성이로 내려간 소리가 다시 돌아오는 것으로 느껴질 때엔 숲의 나무들이 조금 더 가까이 왔다는 말이다

높고 길고 가늘고 굵은 각각의 나무들 위를 휩쓸듯이, 몰아가듯이, 훔쳐 가듯이 바람이 굴러간다
나무들 위로 바람이 떠내려간다
바람이 바람을 잡고 간다

그러나 바람을 굴리는 것은 나무와 나무들 사이의

비어 있는 고랑

물을 길어 올린 후에 뱉는 숲의 숨소리

숲이 바람을 굴리면 그토록 기다려 온 바다가 돌아오는 것이다

숲속엔 언제나 멀리서 돌아오는 파도 소리가 배어 있다

산과 바다는 원래 한 덩어리였으나 부단히 헤어질 수밖에 없었고 둘을 나누어야만 했던 바람이 끝끝내 이어 주려고 쏴아아아아아

아래로 위로 지나간다

먼바다에서 올라온 파도가 숲의 나무들에게 물결을 입게 했다

걷는 사람

걷는 사람은 천천히 사랑하는 사람
언덕의 바람을 마시고 들판의 향기를 저장하는 사람
시간을 가만히 멈추게 하는 사람
걸음이 뒤로 밀리는 사람
걷고 있다고 생각하지만 어느새 날아가는 사람

저기 지구가 간다
어서 가자 얘들아

걷는 사람은 무엇이든 할 수 있는 사람
화사한 기억 속의 어느 날을 솜뭉치처럼 뜯어낼 수 있어
잘 봐, 손바닥 위에 풀이 돋아난다
이것으로 무엇을 할까

입김을 불어넣어 생명을 갖게 해야지
꼼틀꼼틀 올라와 햇빛 속을 걸어 다니게 할 거야

바람을 옆구리에 끼고 씩씩하게 달아나야지
봐, 저만큼 가는 걸음걸이
성큼성큼 걸어오는 바다를 보폭에다 맞추었어
바다 한 편을 끼고 읽는 사이 또 한 편의 파도가 걸어오는 거야

걷는 사람은 듣는 사람
숲의 미소와 바람의 가능성
바다의 기품을 닮아 가는 사람
홀로 가만히 존재하는 모든 것을 좋아하는 사람

새의 질문

삼월의 나뭇가지에 비스듬히 매달려
새로 돋은 잎을 골똘히 보고 있는 작은 새 한 마리
가늘게 매달린다는 것은 어떤 기분일까
나뭇잎같이 가볍고
물음표같이 오뚝한 부리를 요렇게 내밀어도 보고 조렇게 문대어도 본다
나무에게 묻고 싶은 것이 있나 봐
그럴지도

작은 새는 황량한 겨울에는 상상도 못 했던 풍경이 지금 막 펼쳐지고
회갈색 무심한 가지에 갑자기 연둣빛 순이 올라와 놀랐지 뭐야
저건 먹어도 좋아
엄마가 말해 주지 않아도 아는 것
나뭇가지에 매달려 작은 새는 오래 바라본다
널 먹어도 될까?

새는 의문투성이 발가락으로 가지를 꼭 잡고 있다
나무의 마음이 어떤지도 모르고
나무가 가지를 올릴 적에 어떤 기후와 비 냄새를 맡았는지도 모르고
가만히 연둣빛 나뭇가지에 앉아 듣는다
발가락을 쥐고 있는 힘은 나무의 것인가 새의 것인가
나무는 다정한 새를 느끼고
새는 나무가 즐거워할 일을 궁리하고

올바른 삶

검은 양들은 온순하여 바깥에서 잠이 든다
안을 들여다보는 일이 없으므로 종종 물건 취급을 받는다
어떤 사람들은 흰 양의 변장술이라고 추정하지만
머리끝에서 발끝까지 지독하게 검으므로
검다는 것을 의심하는 것이 오히려 검다
속이 깊은 사람들은 검음에 대한 찬탄이 길다
검어서 이루어낼 만한 과업과 실적에 대해 아주 긴 연설이 필요할 때
어디선가 검은 양 떼들이 대거 몰려와 긴요한 박수를 친다
검어야만 깊어질 수 있다니 얼마나 놀라운 거래인가
안에서 번쩍거리는 사람들은 오직 바깥의 검은 눈동자만을 점검할 뿐이다
그리고 검은 양들의 가슴에 금으로 된 약서를 채워 준다
평생 검게 지낼 용기만 있다면 약서의 내용은 빈틈없이 지켜질 것이다

검은 세계의 검증된 수표는 검은 양들이 평생 자랑스러워하는 보물

바깥은 검은 양들이 안에는 흰 양들이

서로 꾸며 주고 아름답게 농락하는 세계의 진전이 놀랍도록 꾸준하다

흰 양들은 검은 몸에서 흰 털이 나고 검은 물이 빠져나오는 것이 두렵다

그러나 매일 또 다른 검은 양이 태어나므로 걱정할 것은 없다

때때로 흰 양들이 얼굴을 검게 칠하고 춤을 추지만

검은 양들이 달려가서 흰 양을 더욱 희게 만들어 버린다

바깥이 검어질수록 안은 희디희게 빛이 난다

사람의 수명이 백 년 안에 끝나는 것이 야속하다

태양은 뜨겁고 달은 다른 날의 달이다

찰칵

세 시간 동안 앉아 있었다
아무 생각도 하지 않기까지 세 시간이나
내가 안 것은 고작 그것이었다
왕버들은 수백 년 수만 시간을 그 자리에 있었고
나는 잠시 지나가는 먼지나 비구름 같은 것

자연을 단번에 읽으려고 한 나의 요약본능이 부끄러워졌다
요약은 공부하기 싫은 사람이 하는 일
효율을 따지는 관리들이 하는 일
수업하기 싫은 아이들이 핑계 대는 것들 중 하나

내 몸의 칠십 프로는 물이고 나무 역시 그렇다
물로써 연대할 수 있는 친연성
그것은 구멍과 구멍
흡수와 발산을 통한 알아챔
서로의 눈동자에 고이는 정겨운 물길을 알아보는 것

그러니 아무 생각도 하지 않은 것은 아니었다
나무에게로 허리를 굽힌 세 시간
나는 만지작거리던 오후를 내려놓고 나무의 굽이치는 세월을
흠뻑 가까이로 당긴다
나무는 그런 나를 찰칵, 하고 찍는다
어떤 먼지가 세 시간이나 머물다 갔는지 기억하려고

텃밭의 노래

집 안에 딸린 조그만 텃밭은 엄마의 작은 몸 같아요
일구면 일굴수록 엄마가 살아나요
봄에 씨를 뿌리면 엄마 몸에서 싹이 나
작고 가늘고 삐죽한 것들이 몽글몽글 숨구멍을 만들어요
고추와 토마토 시금치가 까꿍 하지요
쪽파는 엄마가 참 좋아하시던 재료
참기름과 간장 마늘 넣고 조물조물 무쳐도 좋고
가지런하게 다듬어서 부침개 해도 좋고
젓갈 넣고 고춧가루 빨갛게 무쳐 내면 맛있는 파김치
내 식성은 모두 엄마 혀에서 왔지요
밭에서 나는 모든 것이
엄마 몸속에서 무럭무럭 자라 내 입으로 와요
땡볕과 서릿발 같은 한기를 견디고 와요
엄마 몸 안에서 나는 아직도 어린 아가처럼 엄마를 받아먹지요

아무리 많이 먹어도 엄마는 거기에 남아 있어
마지막 씨 한 톨만 있어도 다시 엄마의 몸이 되지요
싱그러운 아침 공기와 같이
나긋한 저녁 햇빛과 같이
나의 텃밭으로 와서 우리 엄마 좀 보고 가세요
놀랍도록 젊어진 엄마가 매일 탄생합니다
이 노래는 끝이 없어요

의심하는 사회

밥상에 올라온 고등어를 의심해야 한다
암 발병률이 세계 최고다
일본산 명태가 러시아산으로 둔갑했다
일어난 일은 추적하여 의심해야 한다
일어날지도 모를 정서적 도발과 미확인 물체도 의심해야 한다
뒤통수는 늘 의심해야 한다
수억 개의 세포들이 뛰놀고 있는 내 몸도 의심해야 한다
내일은 오늘보다 불투명하므로 의심해야 한다
구체적인 명시가 없으면 유추와 추리력을 동원하여 의심해야 한다
갈치는 의심을 지나 불특정 죄목에 걸려 있다
북한산 고사리 호두 취나물은 봉지까지도 의심스럽다
저녁의 텔레비전은 요리 프로그램이 평정했다
방사능이 지구 몇 바퀴를 돌고 있는지 알 수 없다
누군가가 자꾸 내 머릿속을 열어 보는 것 같다

다양한 의심들이 적발되거나 급히 해동되어 돌아
다닌다
세상의 모든 바다를 조사해야 한다
안방에서 녹슨 파도가 한 움큼씩 밀려 나온다

물들메나무

대문에서부터 달아낸 방은 똑같은 문에 걸어 잠그는 자물통은 제각각
방 보러 가면 주인은 뒷주머니에서 철렁, 하고 열쇠 꾸러미를 꺼낸다
문간방 옆에 심어진 맨드라미는 핏물 고인 꽃 같아
얇은 벽 너머 이웃이 뭘 먹는지 무슨 소리를 하는지 다 알게 되던 방
곰팡이 필 때마다 덧바른 벽지는 몇 겹인지 셀 수도 없어

올해 대학 새내기가 된 시골 아이와
수출자유지역에 들어가 돈을 벌려고 상경한 소녀와
남동생 학비 벌려고 온 누나들과
매달 시골에 돈 부칠 언니들이 살았다
그렇게 많은 방이 있어도 변소는 하나뿐이어서
문고리만 달린 변소에 앉아서 모기에 뜯기며 생각느니

아 모기는 따로 집이 필요 없는 생명체구나
모기는 사람이 사는 모든 집을 자신의 집으로 삼아도 되는구나
아침마다 문을 잠그고 나올 때마다 귀중한 것은 다 어디 가고
궁핍을 보호하려고 이리도 방문을 움켜쥐는가
물들메나무는 수많은 열매 송이를 열쇠 꾸러미처럼 늘어뜨린다
각각의 방을 만들어 독립시키려고

자물통 없어도 얼마든지 열고 꺼낼 수 있는 비결이 열매에 들어 있다
오래전 사글셋방에서 한 조각 맞추던 열쇠와
물들메나무가 제 몸에서 꼭 맞게 내온 열쇠는 달라도
새 삶을 열고 닫으려는 마음은 같다
나는 이제 방이 아닌 나무의 마음에 꼭 맞는 열

쇠를 움켜쥐고 싶지

포위당한 자연

꼼짝도 하지 마
넌 여기서 썩지도 말고
무너지지도 말고 삐뚤어지지도 말고
아름답게 꽃을 피워
꽃만 피워
너의 임무는 우리가 관리해 준 대가로 싱그러운 숲을 이루고
빨갛고 노랗고 탐스러운 꽃을 피워
힐링 힐링
전국의 근심과 스트레스를 날려 보낼 근사하고 쾌활한 웃음거리가 되어 줘
자연아
뻔대지 말고 고분고분 말 잘 듣는 아이가 되어 줘
우리가 보호해 줄 테니까
밖으로 나올 생각은 하지도 마
울타리 안에서 우리에게 꼭 맞는 즐거움만 창조하면 되는 거야
벽을 세워 잠기지 않게 해 줄게

다리를 놓아 떠내려가지 않게 해 줄게

제방을 쌓아 편안한 수심을 유지해 줄게

아프면 금방 고쳐 줄게

너는 그저 무럭무럭 아름다워져라

시골의 영리를 위해

도시의 건강을 위해 사랑스러운 유적지가 되어 다오

자연아 요 귀여운 만능 상품아

가장 밝았다

한 남자가 들판을 가로지르고 있었다
알아들을 수 없는 이국의 노래를 높게 높게 불렀다
정년퇴임한 음대 교수라고 했다
머리 위로 해가 이울고
황조롱이 한 마리가 풀숲에 앉았다가 올라오는 사이
낡은 효심각 뒤로 남자의 머리가 올라갔다가 낮아졌다
늘그막에 남쪽으로 온 것은 건강하게
오래 살기 위해
저토록 운동을 열심히 하는 것이라고
논둑에 앉은 노인들이 말했다
층층이 올라간 논두렁은 과거의 어떤 시절을 표본으로 보여 주지만
들판 끝에는 시설 좋기로 유명한 양로원이 있고
호미질로 하염없이 지친 노인들은
들판 위로 높게 솟은 건물을 건조하게 바라볼

뿐이다
　가라앉은 풀숲에서 잿빛 새들이 날아올랐다
　새들이 어디에서 잠을 자는지 아무도 궁금해하지 않는다
　남자가 사라지는 들판 끝에서 불이 하나둘 들어왔다
　양로원 불빛이 가장 밝았다

아름다워지려고

버드나무 사이로 희미한 날갯짓이 지나갔다
부들에 앉은 개개비가 까락까락 소리 내는 저녁
짝짓기하는 달팽이
빼꾸기는 볕 좋은 산기슭으로 날아가고
산란 중인 밀잠자리는 포식자가 노려보는 것을 눈치 채지 못한다
알을 떨어뜨리는 일에 몰두한 나머지
개구리의 입으로 들어갈 때까지
소리도 없이 수면에 접히고 만다
커다란 두 개의 눈과 네 개의 날개로 색을 일으키고
수백 번의 도전으로 완성되는 새끼들
아름다워지려고 기꺼이 위험을 무릅쓰는 것들

왜 울지

어린 날 구슬치기 딱지치기보다 더 재미있었던 건
한 가지 주제에 미치는 것
가령 만화책을 보는 것
공동묘지에 누워 흘러가는 구름을 하염없이 바라
보는 일
이상한 말을 해도 이상하지 않고
이상한 방법으로 이상한 경지에 도달하는 것
이상한 일이 하나도 이상하지 않을 때
그제야 말을 하지
풀에 미친 사람은 봄을 기억하지 않고
사랑에 미친 사람은 이별을 기억하지 않고
그 무엇에도 어떤 것에도 홀리지 않는 사람은
제 삶에 구멍을 내어 술술 속셈을 흘려보낸다
차디차게 물렁해진다
가볍게 단단해진다
벗어나면서 얽매인다
꽃에 미친 사람들이 언덕의 풀을 짓밟고
길에 미친 사람들이 비를 두려워하고

고향을 사랑하는 사람들이 고향을 버린다
새는 왜 울지

2부

새들은 색을 잘 사용한다

큰고니는 달린다

큰고니는 물의 표면을 휘몰아 쥐면서 달린다
뒤집힌 물들이 새의 발에서 엔진처럼 힘을 내도록 만든다
잠시 눌렀다 떼어 내는 물은 날아가는 새를 끌어올리려고 움푹 꺼지는 모양이 된다
잘 달릴 수 있도록
날아갔다가 다시 돌아올 수 있도록
새의 두 발에서 갈라진 두 개의 길은 새의 양쪽 날개에 균형을 맞추어 얹힌다
하늘에서 날아가는 걸음이 된다
첩첩 쌓이지 않고 흩어지는 자국이다
날개 끝에서 길들이 올라갔다가 다시 내려올 때엔 흰 눈이 쌓이겠다

왜가리는 인테리어를 알아

나뭇가지 하나라도 신중히 고르지
둥지 바닥은 단단하면서도 부드러워
알을 품는 암컷의 엉덩이가 아프지 않아야 하고
어린 새끼들의 엉덩이가 아프지 않아야 하지
왜가리는 큰 날개를 움켜쥐고
막 새순이 돋는 순한 나무 속에 들어가 나뭇가지를 고른다네
위를 보고 아래를 보고
이것을 물어보고 저것을 집어 보고
태어날 새끼를 위해 온갖 정성을 다하는구나
세상에 나오는 일 그보다 더 중요한 게 있을까
꼭 마음에 드는 나뭇가지가 아니라면 의미도 없지
집은 중요하니까
암컷을 사랑하니까
이제 아버지가 될 테니까!

작은 새도 아는 것

어린 새가 처마 끝에 앉아 있다
주변은 컴컴하고 빗방울이 들기 시작한다
새는 아래를 굽어보며 가만히
어디로 가야 할지 도무지 알 수 없는 얼굴
난생처음 맞는 비에 오도카니
깃털 사이로 스미어 오는 싸늘함
작은 새는 날개를 접고 가만히 귀 기울인다
흔들리는 비와 유월에 겪어야 할 일들에 대해서
점점 검어지는 구름
노련한 이웃들의 재잘거림
전개를 알 수 없는 들판과
어디선가 노리고 있을 천적들
그러나 새는 알고 있다
혼자 날아야 하고 혼자 먹이를 구하고
혼자 감당해야 할 수많은 위험과 잠적을
세상에 막 나온 어린 새도 아는 것

이것은 재난영화가 아니다

미세한 먼지에 속박당하고 미세하게 삶이 균열되는 시절에 이르렀다
거룩한 공장이 우리의 즐거움을 가공할 때도 있었으나 토양은 더럽혀지고 숲은 은밀했던 보물을 피로 물들인다
걸음은 활기찼고 아름다운 아기는 계속 태어났다
힘찬 도약을 맹세하는 건물들이 위풍당당하게 풍경을 압도한다
좁은 골목길을 걸어가던 남자는 누군가 목을 잡고 흔드는 것 같은 기분 나쁜 일을 경험한다
폐지 줍던 노인들이 사라진다
소녀들은 입마개를 하고 임산부는 외출하지 않는다
24시간 뉴스에서는 오늘의 날씨와 미세한 배후에 대응하는 자세를 알려 준다
먼지로 덮인 생활의 참사들, 달라질 장소들, 죽어가는 모든 것들에 대한 애도사가 준비된다
오직 자연만이 먼지의 지옥을 걷어 낼 수 있을 것이다

대기에 늘어뜨려진 회색 커튼은 주름도 없이 펼쳐지고 검은 밤에 막을 입힌다

별은 빛나지 않고 미래를 걱정하는 소리가 어렴풋이 깜박인다

눈에 보이지만 눈을 가려야 하고

마실 수 없지만 마셔야 하고

입을 수 없지만 피부처럼 지녀야 한다

미세하게 먹히고 있다 재앙의 숙주가 된다

회화나무가 걸어와

회화나무는 멀리 연둣빛으로 걸어와 말을 건다
나무의 우묵한 가지 안에는 옛이야기 깃들어 있어
아이들은 몰래 숨어서 엿듣곤 했지
갈라진 둥치 아래 벌레와 새들이 좋아할수록 깊어지던 구멍 안은
두 사람이 들어가기도 좋아
마주 앉아 무릎 맞대고 가만히 너의 눈을 들여다보아
우린 지금 첫사랑을 시작했어
너의 이야기를 다 들어 줄게
별과 함께 어두운 길을 밝혀 줄게
들어 봐, 나무가 가만히 불러 주는 호흡이야
얼마나 오래 걸어온 걸음인가
너에게 가려고 수백 년 전에 늘어뜨린 그늘
휘어지는 가지마다 수백 송이 고백이 너를 따라 흐른다
꽃이 피었어

오직 너에게만 들릴 노래

새가 된 나무

나무가 좋아하는 새가 있었지, 이름은 몰랐지만 아침마다 제 곁에 날아드는 것을 좋아했지, 겨드랑이를 살살 간질이는 새의 발가락을 느꼈지, 아름다웠지, 새가 콕 짚어 주는 멜로디, 감미로운 구절들, 벅차오르는 박동

새가 알려 주었지, 아니 나무의 어깨에서 노래가 샘솟도록 흔들었지

날아갔지

웃었지

잊을 수 없었지

새도 나무를 좋아했지, 발을 딛고 힘들 땐 쉴 수 있는 가지와 적을 가려 주는 잎이 있어 고마웠지, 그런데 언제부턴가 새가 날아오지 않았지, 하루가 가고 일주일이 지나자 나무는 불안했어, 왜 오지 않을까, 도무지 이유를 알 수가 없어, 나무는 날마다 즐겁게 들었던 새의 종알거림을 혼자 되뇌어 보았지, 재잘재잘, 흔들흔들.

나무의 노래는 작고 울리지 않아서 듣는 이가 없었어. 나무는 그래도 새에게서 들었던 노래를 하나, 하나 떠올려 가며 불렀어. 자신의 노래를 어디선가 있을 새가 듣고선 다시 날아오기를 바랐지.

날아간 새
오지 않는 새
어디 있는지 알 수 없는 새

나무는 조바심에 눈물이 났지. 나의 새는 어떻게 된 것일까? 지나가는 바람에게 물어볼까? 저기 하늘을 둥둥 떠가는 구름에게 물어볼까? 대체 누가 나의 새를 알고 있을까? 가끔 놀러 오던 박새가 소식을 전해 주었지. 무슨 소식을? 그 새의 소식을. 새가 그만 잡히고 만 것을. 누구에게? 새를 잘 홀리고 잡아먹는 맹금에게. 그 새의 마지막을 새끼들이 보았다고. 어미가 죽어 가는 것을. 한 마리 포식자의 입 속으로 들어가는 날개와 뼈와 궁금증을.

나무는 울었지, 슬펐지, 가여웠지, 같이 나눌 수 없는 세상이 못 견디게 미웠지, 나무는 시름에 겨워 며칠을 가만히 서 있기만 했어, 애도의 기간이라 움직이지도 않았어, 봄이 왔는데도 새 잎을 만들 생각을 하지 않아, 오월엔 꽃을 만들고 노래 부르는 다른 새를 초대해야 하는데 관심이 없어, 어쩐 일일까, 왜 저럴까, 뭐에 홀렸을까, 죽은 새를 그리워하는 거야, 나무가 뭔데 새를 그리워할까, 저건 우스운 일, 이해할 수 없는 일.

나무는 앙상해졌지. 마른 몸에는 새들이 잘 앉지 않아. 벌레도 집을 짓지 않아. 아무도 찾아오지 않는 빈집이 되었어, 나무는 늙은 고목처럼 쓸쓸히 혼자 떨어져 있었지, 왜 저럴까, 무엇이 저 나무에게 깊은 그늘을 주었나, 나무는 아무에게도 말하지 않았지, 새에게서 얻은 기쁨과 노래와 아름다운 박자들을 입히는 순간을, 제 몸에 돋아나던 희열과 멋지고 달콤한 교감을.

봄에 꽃을 피우지 않는 나무는 외롭게 다음 계절을 보내야 해, 그리고 그다음 계절도 홀로 지내야 하지, 아무도 찾지 않는 나무를 누가 기억이나 할까, 나무는 아무래도 상관이 없었어, 나무에겐 그 새 한 마리의 기억만 있으면 되니까, 눈을 감고 음미하고 생각나면 노래를 했지, 나무가 속상한 건 단 하나, 새의 이름을 물어보지 않은 거야.

한 그루 나무가 서 있었어. 언덕에는 바람과 햇빛이 쏟아졌지만 나무는 홀로 다른 세상을 사는 것 같았지, 뭔지 모를 벅찬 일에 빠진 거야. 나무는 가지들을 새의 날개처럼 차근차근 뻗었어, 마치 그 새가 날아오를 때 활짝 켜던 날개 같아졌어. 나무는 뿌리를 품에 끌어안았지, 꼭 그 새가 파닥거리며 딛던 발가락 같아졌어, 모두가 그 나무를 보고 말했지. 아, 저기 새 한 마리가 왔구나, 죽어서 새가 된 나무, 들판에 핀 새.

선물은 흥겹게

박새는 폴짝폴짝 포플러나무 가지를 뛰어 다닌다
날개와 다리가 찰나에 큰 공중을 넘어 버린다
분명 이 가지에 있었는데 눈 깜짝할 사이에 꼭대기에 올라가 앉았다
내 손가락만 한 새가 저리도 허공을 잘 움켜쥔다
허공을 쥐었다가 놓고 다시 잡아서 발가락 끝에 데리고 다닌다

박새가 포플러나무 새순을 먹는 것 같지만 사실은
봄을 물어 와 나무에게 전하는 것
쫑긋한 부리로 슬쩍 갖다 대기만 해도 봄이 묻는다

봄을 받아 든 나무는 곧 기다란 수꽃을 준비하겠지
자식을 만들어 멀리 날려 보낼 꿈을 꾸겠지
박새가 폴짝폴짝 날아오니 나무도 좋아서 펄쩍펄쩍 뛴다
새와 나무가 반기는 데는 다 이유가 있다
서로 입에 꼭 맞는 봄을 주고 싶어서

밤이 되어

잊는다는 것은 밤이 되어 흐르는 것
물이 되어 사라지는 것
웃으면서 울음을 감추는 것
울음이 토하는 피라고 생각하지 않는 것이다
가엾게 생각하지 않는 것이다
새가 앉는 나뭇가지가 되어 새를 날려 보내는 것이다
산티아고, 과테말라, 안데스
세계 어디에서도 맛보지 못할 평화와 안식을
돌이킬 수 없는 실수와 환멸을
제정신으로 돌아오는 것을 스스로 환대하는 것이다
그 나머지는 정신을 흩트리며 끝없이 이단자와 접속하는 것이다
너와 내가 하나가 아니었을 때보다
하나였을 때가 더 혹독하게 파괴되었고
더 많은 사람을 사랑하게 되리라는 것을
동시에 여러 사람에게 전달하고 그처럼 난파당한

배처럼 떠밀리며

거침없이 언덕을 올라 마침내

단 한 명의 삶을 경청하기 위해 나는 인내하고 사
라진다

달콤하게 번영해 온 유전자는 파기해도 좋으리라

새의 깃에 누구도 기억하지 못할 비밀이 스민다

나는 기꺼이 그 새를 날리리라

당신이 원하는 색

당신이 지금 내게 하려는 말은 무슨 색일까
누군가를 다그쳐 부르는 소리는 혹독한 경계의 색
나는 묻고 싶네
어떤 색을 원하였는지
어둡고 초라한 당신에게서는 언제나 따뜻한 주황색이 흘렀지
그게 전부였을까?
실재하는 당신을 두드러지게 나타내는 소리는 무슨 색이었을까?
나는 알 수가 없어 또 묻고 물었지
세상의 모든 소리는 격식을 차리지 않는 겸손
그러나 어두운 골목길을 벗어나려 할 때에는
덜컹, 마음 안에서 빗발치던 두려움
당신은 조금도 몰랐던 색

새는 왜 내 입안에 집을 짓는 걸까

나무는 죽어 가면서 제 몸에 구멍을 낸다
무얼 보려는 것이 아니라 마지막 부탁을 하려고
오월에 찾아올 새들에게 부디 잘 이용하시라고
개미와 거미가 눈치껏 드나들고
오색딱따구리의 긴 부리와 박새의 작은 눈도 들어갔다 나온다
무수한 눈들이 노크하고 지나갔다
흰눈썹황금새는 방금 잡은 애벌레를 어린 새끼에게 가져다주었다
새끼들이 부리를 종긋하게 내밀었다
새의 부리는 봄에 돋은 새싹 같아져
포식자는 새인지 나뭇잎인지 알아보지 못한다
어미는 하루 수백 번 날갯짓을 하며 구멍 안에 뛰어든다
나무의 부탁을 적극 듣고 있다
놀라운 일은 그다음
새끼들 몸에서 날개가 돋아 구멍 안이 꽉 차는 것이다

나무는 더 이상 새의 새끼를 안아 줄 수가 없다
나무의 살점을 다 나눠 먹었다
달라진 새를 볼 수 있다

이제 와 무슨

왕버들 숲에 들어가 나는 혼자 즐거웠지
새들하고 노느라고 깜박 잊은 줄도 몰랐지
뭘 잊었을까 생각하는 것도 잊어버려
기가 막혀 또 웃고 말았지
왜 이럴까 왜 이렇게 되었을까 생각하기도 싫어져

왕버들 우거진 숲속이라면 뭐든 다 잊어
생각 따위에 홀려서 여러 날 속 끓일 일은 없다고
그만 휘휘 풀어서 공중에 내다 버려
날아가는 새한테나 줘 버리지

혼자 즐거워 미안할 때도 있어 이렇게 아름다운 자연
황홀한 노래를 혼자만 듣기가
이런 순간을 맞아들이기까지 나는 얼마나 아팠겠어
그 세월을 듬성듬성 꿰매느라고 밤을 낮으로 살고
아아 말로 다 못할 시간 이제 와 무슨

다만 나는 왕버들 숲에 들어가는 것이 좋아

버들가지 아래 앉아 가만히 듣는다고
이 숲이 내게 오기까지의 그늘과 햇빛을
깊어진 눈망울과 더디게 쌓은 우정을 곡식처럼 꼭꼭 씹어

나를 허락한 새와 나무 안에서
읽을수록 잊어버리는 시간
잊었더니 더 새록새록 읽어지는 시간
한 마리 새와 한 그루 나무 아래

새의 기억법

흰뺨검둥오리 등에 가지런한 흰색과 검은색
어미가 잘 알아볼 수 있도록
새끼가 새끼들인 줄 알게
어떤 음악성이 굽은 등으로부터 물결치듯이 흘러와
경쾌한 리듬을 새겨 놓았다
재빠른 발놀림과 짧은 털의 실룩거림
한 종이 경험할 미래의 긴 여정과 부단한 자맥질을 결정한다
어서 빨리 몇 가닥의 줄무늬를 숨겨야 날아오를 수 있다
경쾌함은 적이 잘 알아보는 표식
어린 새는 부리 안에 펄펄 뛰어오르는 벌레를 집어넣고
꽥꽥 소리를 배운다
더 놀라운 색들은 흐트러뜨리고
과감히 부풀어 오른 깃털 사이에 배치된다
부리가 넓고 뺨이 흰 새는 희고 검지만 더 희고 검은 색

줄무늬를 위하여 만 가지 사냥법을 숨겨 왔다

여름 우포늪

색이 분화된다
색이 발라진다
누가 발라 주는 것이 아니라 색이 스미고 붙는다
색이 선을 입히면서 빠르게 늪 둘레를 잇는다
색은 색들이 되고
수면을 지우며 이전의 기억을 덮는다
초록색과 노란색, 녹색과 모호하게 붉은 색들이 늪의 가로줄무늬가 된다
여름의 물감을 짜기 시작한다
물감을 이용할 수 있는 식물은 간간이 구름을 끼워 넣거나
나뭇잎과 새들의 배설물
붕어 하품을 문양으로 집어넣을 것이다
첫 작업은 벌써 끝냈다
색을 불러들였으므로 배어들게 하고 입히고
서로 다른 색을 엇갈리게 할 일은 물을 쟁기질하는 바람이 할 것이다
생이가래, 개구리밥, 마름 사이에서 보글보글

서로의 색을 눈여겨보고 있다
일제히 확 번지게 할 묘안이 없을까?

그래 보는 거다

손바닥으로 물을 받쳐 들고
어둡고 축축한 버드나무 아래를 지나간다
잎이 넓적한 부엽식물처럼 커다랗게 맴돌아 보는 거다
바람이 날아오든지 눈이 부시든지 꽃이 피든지

세상의 모든 눈물이 물에 녹아 없어진다고 해도
들판 너머로 사라진 이름은 기다리지 않는 거다
둥근 가시연꽃이 물을 빨아들이며 둘레를 키워 가듯이

점점 더 가지런하게 수면을 수놓아 보는 거다
물보다 가벼워지는 거다
그래 보는 거다

3부

너는 나를 만나려고
거기서부터 시작했고

누군지도 모르고

같은 번호로 계속 전화가 온다
받지 않았다 모르는 번호
대체 누가 왜
안타까운 듯 조르는 듯 깜작이다가 사라지는 숫자들
나는 받지 않을 자유와 받아도 되는 자유가 있지
소리를 멈추게 할 자유도 있고
완전히 존재를 지워 버릴 자유도 있다
그러나 저리도 원한다면 받는 게 낫지 않을까
가엾거나 애달파서가 아니라
아홉 번째 벨이 울릴 때 이끌리듯 전화를 받는다
여보세요, 갈라지고 힘없는 목소리
안내를 받으셨겠지만 다시 전화 드린 이유는
암보험, 하는데 여자의 목이 그렁그렁하다
맥없이 애처롭고 부단히 서글픈 권유
질병에 대비하려는 자세가 저리 불건강해도 되는 건가
우리는 서로 모르는 세계를 동정하고 오해하는

사람

낯선 전화가 계속 왔다
친절하게 미래의 불안과 공포를 덜어 주겠다고
파삭파삭 갈라지는 세월을 어찌 알고
떨리던 그 목소리 나인 줄

살구나무는 생각하겠지요

살구나무는 생각하겠지요 필까 말까
봄볕은 가까이 왔지만 비가 오니 춥고 서늘해
또 살구나무는 생각하겠지요
이 비 그치면 햇살은 담벼락을 넘어 교회 앞마당까지 올 텐데 나의 가지들도 따라갈까, 여기 길모퉁이에 서서 기울어지게 하는 게 나을까
꽃봉오리는 아가 입에 처음 돋은 이 같아
뭘 먹어 볼 테야?
살구나무는 간밤에 삼킨 빛깔을 가만히 꺼냈지요
분홍색입니다

어느 날 사내들이 들판을 걸어간다 며칠 후 사라진다

골목에는 낯선 사내들이 다녔다
허름한 잠바를 입고 뚜벅뚜벅 앞만 보고 걷는다
그들 뒤로 이장집 개들이 좇아가다가 말았다
빈집에 새로 들어온 사람들이라고 했다
지붕이 허물어진 집은 잠만 잘 수 있다
저녁답 논두렁길을 걸어가는 그들은 작업복 차림이었다
들에는 양파와 마늘 수확이 한창이고
밭고랑에 앉은 남자들은 수건도 걸치지 않은 채 먼지를 뒤집어썼다
땀 얼룩에 젖은 이마는 붉게 멍들었다
이국에서 온 얼굴은 낯설고 덩치가 컸다
국경을 정복하고 드넓은 초원을 달리던 전사의 후예였다
빈집엔 텔레비전도 라디오도 없어 그들은 골목을 나와 들길을 걷는다
두고 온 아내와 어머니에게 오래 전화하고 별을

본다
이곳의 별은 고향의 별과 어떻게 다른가
농번기 일손 부족할 때 끌어다 쓰는 인력은 유랑민과 같아
작업이 종료되는 즉시 그들은 캐리어를 끌고 버스 정류장으로 나온다
삶의 급박한 리듬을 집약해 넣은 곳
몇 벌의 옷과 신원을 증빙할 서류가 들어 있는 철제 가방은
바퀴가 네 개여서 잘 굴러갔다
차도와 인도 사이 높은 턱도 거침없이 넘는다
들판이 텅 빈다

난 그저 걸어 다니는 사람일 뿐

랭보였다
그는 가을에도 걸었고 봄에도 걸었고
돈이 있어도 걸었고 돈이 없어도 걸었다
"난 그저 걸어 다니는 사람일 뿐 그 이상도 그 이하도 아니야"*
랭보는 발바닥에 분노를 집어넣었다
담배를 사러 벨기에 갈 때
굶주린 배를 안고 파리를 떠날 때
돈 벌러 아덴과 하라르를 지날 때
자, 가자!
그것은 이것 봐 분노! 라고 말하는 것과 같았다
자신의 발바닥에 대고 채찍질하는 것이었다
여기는 견딜 수가 없다 자, 가자 분노야!
나와 같이 저 벌판을 넘어 다른 세상으로 가자
랭보는 걸었다
다른 세상의 다른 분노를 불 지르려고 했다
주머니에는 어디든지 같이 갈 외로운 추궁이 들어 있었다

시를 잊었다 무릎이 부풀고 통증이 할퀸다

베를렌도 잊었다 다리를 절단했다 헛소리를 한다

어서 의족을 다오 다시 걸어야겠다!

1891년 11월 10일 서른일곱 살의 랭보는 마침내 걷기를 멈춘다

절망적인 유품

지옥에서의 한철은 전 세계의 계절에 뿌려졌다

자, 나의 방랑! 나의 기쁨!

오랫동안 걸었다 랭보는 사막과 항구와 숲과 언덕을

봄이 와도 봄이 오지 않아도

발바닥이 고장이 나서 더 이상 걸을 수 없을 때까지

걷고 또 쓰고 미치게 걸었던 남자는

마침내 우리에게 선사했다 흉내 낼 수 없는 지옥을

어떤 지옥보다 오욕이고 등창이고 불멸일 시작을

*랭보

수탉

옆집에 닭장이 들어선 건 봄이었지
항생제 닭은 그만
단백질 챙길 나이니까
해 질 녘에 수탉은 가래 끓는 노인마냥
해애애애애 소리를 낸다
푸드덕 홰를 치며 힘껏 소리를 질러도
소리가 나오지 않는다
쌔애애애 해해애애
주인은 닭고기는 좋아하지만 시끄러운 건 참을 수 없어
조용한 밤을 원했지
달밤엔 영화도 봐야 하고 차도 마셔야 하니까
미국의 어떤 닭은 목이 잘리고도 살아남아
돈도 벌고 이름도 날렸지만
옆집 닭은 살아도 사는 것 같지 않고
목은 있으나마나 모이나 먹지
해해애애애액
수탉은 노래하고 암컷과 연애도 하고 싶다

소리를 지르다 말다

아침에는 더 구슬픈 소리로 해애애애애

비참하게 굴욕적으로

알 낳는 암컷 옆에서 볏은 쭈그러들고 살만 찌네

옆집 남자는 바구니에 알을 가득 담아서 부인에게 갖다준다

수탉의 애와 간이 녹아 있는 달걀

내게도 준다고 했는데

나와 같이 동거하는 거미

방바닥을 기어가는 거미는 나를 잘 알고 있다는 듯 몇 걸음 가다가 멈추고 가다가 멈춘다
이 길이 맞는지 저 길로 가야 하는지
책상 모서리를 지나 컴컴한 침대 밑으로 들어가는 중에도 경계를 풀지 않는다

언제부터 거미가 주인 행세를 했는지는 알 수 없다
주인이 주인 노릇을 하지 않아서 거미는 안심했을 것이다
주인이 주인 노릇을 하지 않으면 주인은 더 이상 주인이 아니라는 것을 거미께서 몸소 보여 주시는 것인가

거미는 말하지 않아도 이미 주인이 되었고 나보다 더 넓고 자유롭게 이 방을 사용하고 있다
나의 권리와 실제 삶을 뛰어넘는 거미의 삶은 이미 인간과 곤충의 사이를 넘어선 것이다

나는 거미 한 마리만큼도 이 방을 사랑하지 않았다
저토록 긴 행보와 활짝 공개된 여유를 갖지 못했다

방에게 묻는다면 틀림없이 이 방의 주인으로 거미를 원했을 것이다
우리의 기묘한 동거는 사실 계약이 아닌 본성에 의한 것이다
거미가 밤중에 몰래 내 허벅지를 깨물지 않듯이
나도 동그랗게 몸을 말아서 방바닥을 기어가는 거미를 손톱으로 눌러 죽이지 않는다

살아 있는 종의 자존심을 유익하게 전환하는 방의 무심한 호흡이 마음에 든다
우리는 공평무사하게 지적이다 살아 볼 만하다

논

들판을 지날 때 바람결에 맡아지는 냄새
자지러지는 매미 소리처럼 퍼붓는 농약 줄기
아침저녁 논에 사는 물것들이 사라진다
이것은 죽어 가는 냄새
어서 죽으라는 재촉
발버둥치는 꼬리와 우짖는 슬픔의 물
까무러지다가 엉금엉금 기다가 거품을 게워 내는 현장
삶이 망가지는 냄새
독약에 취해 헛것을 보다가 사라지는 장구벌레와
논고동과 개구리와 미꾸라지 들
논고랑으로 몰려나오는 먹잇감에 백로는 신이 났지
벼는 살고 다른 것은 죽어야만 그치는 세계
사람이 좋아하는 것만 살아남도록 유도하는 세계
다른 생명은 필요 없고 오직 벼만
쌀로 돈을 만들어야 하는 농부의 세계

하우스

비닐하우스에는 고추, 토마토, 미나리가 살았다
그렇다고 고추하우스나 토마토하우스가 되지는 않는다
그건 비닐하우스
비닐과 잘 휘어지는 철골과 시멘트 지지대로 만들어진 집
사계절 뜨거운 태양과 바람이 비닐을 시험한다
비닐은 비닐을 위해 살지는 않았다
강풍과 폭우에 찢어지면 조각조각 흩날리어 쇠와 시멘트로부터 달아난다
전봇대에 붙고 나뭇가지에 걸리어 가볍고 무한히 썩지 않는 성질을 펄럭인다
비닐하우스는 너덜너덜한 거죽만 남는다
비닐 없는 하우스들이
철골만 남은 하우스들이
빈 들판에 남아 있다
시골 마을엔 뼈대가 삭은 노인들이 살고 있다

들여다보아야 한다

한 권의 책을 다 읽지 못하고
지불할 잔금이 있는 것처럼 확인해야 할 언덕이 있는 것처럼
남은 글 뭉치들이 지그시 눌러 오는 무게
마당에는 노랑턱멧새가 어여쁜 볏을 세우고
개똥지빠귀는 슬금슬금 눈치를 본다 낯선 게다

산비탈 잡목림을 헤매다가 집 안까지 들어와 먹이를 구하려니
겨울이 설핏 기울어지는 2월에는 얼고 삭고 마르고 다시 움튼다
살아 내려고 사라진다
떨어진 낱알은 부지런한 새가 주워 먹고
바람에 흩날리는 씨앗은 눈 밝은 새가 가져간다
공중을 몇 바퀴나 돌아왔을 것이다 저 새는
떠나야 할 봄이 두 달이나 남았으니 계속 들여다보아야 한다

골판지 같은 슬레이트 지붕에 슬어 놓은 벌레집과
나무껍질 안에 숨은 애벌레와
담벼락을 칭칭 감아올린 넝쿨의 움직임을
나도 더 들여다보아야 한다
썼다 지웠다 하는 사이 좁아진 문장이 어른거린다
한참 들여다보아야 한다

너는 나를 만나려고 거기서부터 시작했고

가을걷이 끝난 들판에서 불어오는 구린내
출처를 알 수 없는 인용처럼 모호하지만 그건 분명
어디선가 언젠가 태어났을 때부터 익숙하게 맡아온 노래
구수하거나 짜릿하거나 지독하거나
삶의 한 방향만을 적셔 온 흔적
흐린 날에는 냄새들이 더 가까이 온다
너의 항문과 머리를 가득하게 채웠던 물질과 에너지
향과 냄새를 가르는 기준은 한 방울의 물과 들이켜는 호흡에서 시작하지만
너를 이루었던 모든 것들
너와 함께 구멍이란 구멍을 돌고 돌아서 마침내 들판에 나온 냄새
후루룩 마신 국물과 즐겁게 씹은 고기와 부드럽고 말캉한 채소와 과일들
연도별로 써 온 냄새의 기록이 뿌려져 있다 뻗어 간다 멀리
운송하는 생명의 고리는 똥에서 퍼져 가는 것

나무와 나무들이 땅속에서 결연히 연대하듯이
너의 똥과 나의 똥이 들판에서 만나 한 계절을 이룬다
그러므로 너는 나를 만나려고 거기서부터 시작했고
나는 그때부터 너를 만나기 위해 걸었다
보이지 않는 냄새로 보이는 열매로 만들어 내는 신기하고도 놀라운 마법의 들판
그 노래를 듣기 위해 우리의 몸은 한 방향으로 흐른다
흙냄새 나는 별빛과 국경을 넘은 이야기가 뭉근하게 섞인다
이국에서 온 여자들이 고랑마다 앉아서 마늘을 심고 있다

들판은 나의 것

들판을 걸어갈 때면 주인이 누구든
논에 사는 생명과 흙과 물과 공기는 다 나의 것
꼬물거리는 지렁이와 뛰어오르는 개구리도 나의 것
깃털 구름과 팔랑거리는 나비와
짝을 쫓아가는 잠자리도 나의 것
오월의 어린 벼는 서늘한 바람이 어루만지고
백로는 새하얀 깃을 풍금처럼 연주하며 내려앉는 곳
부드럽게 부서지는 흙
괭이밥과 얼치기완두가 살랑거리고
질경이는 서슴없이 발에 밟히는 곳

논두렁길을 걷는 그 순간만큼은
흙과 공기와 바람결에 살고 있는 모든 생명이 나의 친구
나에게 말을 걸고 같이 웃고 걷는다
두 발은 어디든지 갈 수 있고
두 눈은 무엇이든 보고 듣는다
부드러운 풀의 노래

딱따구리가 쪼아서 구멍이 난 나무
향긋한 찔레꽃 언덕을 지나 산딸기를 입에 넣으며
도랑물에 젖은 고마리 꽃을 보는 곳
걷고 있는 동안 그 순간만큼은 누가 뭐라고 하든
들판은 나의 것

우거진 물속은 어떻게 나무의 흔들림을 정박하였나

왕버들 가지는 물의 수평을 거두어들인다
나무 안에 늪이 들어가 용틀임하는 소리가 쩍쩍 물고기 입을 벌리게 한다
아아, 하고 말하면 어어, 받아치는 소리
흔들리다가 멈출 때에는 고동치는 나무의 심장이 뱃머리에 닿은 것이다
아가미에 걸린 나뭇가지는 몇 번이나 퍼덕이던가
흰빛의 지느러미가 어부의 장대 끝에서 힘차게 빗금 친다
새들이 흘린 깃털 속에 나무의 뼈가 녹아든다
나무가 새를 잡으려고 길게 가지를 뻗는다

땅콩은 알았던 거지

땅콩이 제 새끼 내놓지 않으려고
얼마나 힘을 주고 있는지는 땅콩 까 본 사람은 안다
내 손엔 두껍고 땅콩에겐 두려운 일
어미는 한겨울 무사히 지나가게 새끼의 집을 꽉 걸어 잠갔어
함부로 빼 가지 못하도록
하지만 너무 조여 놓으면 새봄이 와도 새끼들이 나갈 수가 없지
새와 멧돼지에게 들키지 않을 만치만
어미는 꼬투리 표면에 회오리치는 무늬를 새기고
행여 새끼들이 잊을까 봐
제시간에 맞추어 열리도록 스르르 최면을 걸어 놓았지
어느 날 콩알이 눈을 떴을 때 너무 캄캄하면 겁이 날 거야
바람에 닳고 수분이 날아갈 즈음이면 꼬투리 안에 공간이 생기고
볕이 들어와 꼬물거리기 좋아져

마침내 겨울이 끝나고 바깥세상에 나가도 좋다는 신호가 들어와
어디선가 저 멀리에서 어미가 부르고 있어
지난가을엔 숨이 막혔지만
이젠 달그락달그락 소리를 내도 좋을 만치 가볍고 날렵해
슝 하고 나가기 좋게
봄볕에 문이 스르르 비틀어지게 어미가 다 계산해 두었지
자 어서 나가렴, 세상이 다 네 거야

치아 상태를 점검하는 오후의 진료

하찮은 것을 씹고
어리석은 마음을 질겅질겅 목구멍으로 넘기느라고
반쯤 절개된 구릉과 폐허가 된 동공이 있다
이와 잇몸 사이의 내력이 숭덩숭덩하다
오직 흑백의 진술로만 기록되는 몸
놀라워라, 나의 삶은 힘들게 빠득빠득 삼키고
게으르게 외면하며 부지런하게 파멸해 왔구나
끊임없이 실패를 연마해 온 결과를
어금니 빠진 자리가 움푹하게 알려 준다
어떤 고질적인 외침이 오후의 진료를 규명하느라고
녹아내린 뼈 위에 무슨 건물을 세울 것인지
아 입을 벌리세요
뜯어낼 미래가 아직도 남아 있다니

4부

시절의 서약은 어디에 두었지

잘 모르겠지만 잘 모르겠어

난 이제 조금 알겠어 왜 이런 오늘이 왔는지
감옥과 공장에서 오래 일을 했거든
재기발랄도 없이 조심성 많은 중년이 되었어
아픔이지 소중한 추억은 아니야
하긴 이 사실의 강약을 오랫동안 몰랐지
오늘이라고 말할 때의 긴장과 기억의 연장
알지 않았어도 상관은 없었어
왼뺨이 시들 때에 오른뺨은 죽은 척해야 율이 맞아
계속 무대에 서야 할 그림자
너는 조금도 몰랐으면 했지
알지 않는 편이 알고 있었을 때보다 개운하고 안락해
나는 이마저도 버려
주말에는 사람들이 몰려다니지 행복하려고
토끼를 보면 고함을 질러 꽃을 보면 웃어
아침 공기에선 야수의 냄새가 나
비밀이 많은 사람을 신뢰하지 않지만

비밀도 없는 사람이라는 인상을 주긴 싫어
잘 모르겠지만 귀여운 비밀 몇 개를 갖고 다니다가
마음에 드는 사람에게 주어도 좋을 것 같아
우리는 비로소 연결되는 거지
조금 안다는 것이 마음에 들어
아주 조금밖에 모른다는 것이
내일은 더 많이 모르게 돼

걷는 나를 위한 시

먼지 자욱한 길을 걸었다
발등에 마른 풀을 끼얹으며
나뭇가지에도 발자국이 걸려 있었는데 새로 돋아
나는 것이었다
들판은 이어지고 구름은 느리게 이동했다
신발 뒤축에 붙은 흙은 잘 떨어지지 않았다

어느새 우리는 같이 걷고 있었다
길이 먼저 걷고
그다음 나무가 걷고
그다음 풀이 걷고 돌이 걷고
마지막이 나였다

당신은 흘러갔습니까?

잊을 수 없는 책은 슬그머니 빠져나갔지
당신은 언제부터 당신을 쓰기 시작했나요?
어떤 손이 다가와 아는 척했습니까
그까짓 것 괜찮다고 아무 일도 아니라고 위로한 적이 있습니까
개새끼 욕하며 울어 본 적이 있습니까
읽지 않고 다 읽은 것 같은 적도 있었지요?
꽃과 새와 나무에게서 들추어 낸 씨앗과 열매들
들판에서 훑어 온 알곡들
다 내 문장인 줄 착각하고 음미했지요
우습다고 웃은 적도 많았지요?
위로하는 손을 뿌리치기도 했지요?
개새끼 욕을 돌려받은 적도 있지요?
내 가슴을 왜 거기 걸어 놓았느냐고 따진 날도 있었지요?
불꽃같은 울음을 던지며 동구 밖으로 달아났지요?
길은 어디에 버렸습니까?
굽은 등 어깨 밑으로 한 줄기 강이 흘러갔습니까?

아직도 나를 흘러가지 않았습니까?

물의 저녁

물결이 나무의 한 생애를 주름으로 집적하여 기화된다
올라와 한때 푸르렀던 시간
기억은 가지를 들고 사라지는 한 잎

늦가을 스산한 바람을 타고
흔들리는 잎들의 커다란 환전
깊은 고요와 심해의 물고기와 같은 호흡이 굽이쳐

어쩌면 잎잎이 저렇게 버적거리나
생애의 달콤한 먼지는 늘어질 수밖에 없지, 쌓이므로
연거푸 날아가는 새들이 부르짖는 세계

아른거리는 노래의 후렴구는
만삭의 흩날림과도 같고
그 모든 것들을 붉게 연주하는 계절을 잊었네

해마다 되비쳐 오는 상처를 물에 앉히면
슬금슬금 돋아 나오는 물의 무늬
어스름 저녁의 과오와 같은 물결

오래전 바다

바다를 보러 갔다
바다에는 새 바다와 헌 바다가 있었다
많은 사람들이 새 바다로 향했다
새 바다는 누구라도 좋아하는 맑고 푸른 색
헌 바다엔 쓰레기가 가득하여 더러운 납색
찢어지고 구겨진 몸에서 떨어져 나온 것
냄새를 안은 물체들이 헌 바다 구석으로 몰려갔다
쓸리고 부딪치며 소리를 냈다
새것은 고요하고 헌것은 소리를 냈다
덜컹거리고 덜덜거리고 버석거린다
사람들은 새 바다에서 포효하는 사자처럼 울부짖었다
살고 싶다 다시 시작하고 싶다 멋지게 성공하자
새벽 세 시는 철썩이기 좋은 시간
헌 바다엔 헌것들이
새 바다엔 새것들이
우렁차게 가없이 인상적으로 보여야 할 이유라도 있는 양

계속 철썩이고 밀어내고 밀리며
알아들을 수 없는 소리를 냈다
새 바다는 시끄러웠다 시작하여야 하기에
헌 바다는 썩고 조용했다 사라져야 하기에
나의 바다였다

물의 우거짐

빛은 물속에서 우거진다
반영된 나뭇가지는 거꾸로 서서 하늘을 입는다
물과 하늘이 서로 자리를 바꾸어
풍경의 정수리를 드러나게 한다
진실은 그대로 진실일까
거슬러 올라온 길들이 지나온 걸음을 지워 갈 때
뒤축에서부터 말개지는 얼굴들
하나도 같은 것이 없다
우거지며 서로를 비추는 거울이 된다

엄마의 자끄

어린 날 옷이란 옷은 한번 입으면 소매 끝이 나달나달
팔꿈치가 닳고 해지도록
시간과 유행을 무시한 채 물려주고 물려받는 것이었다
마지막엔 한 점 오해와 착오도 없이 해체되었다
가장 먼저 단추를 떼어 냈다
도꾸리(스웨터를 이렇게 불렀다)는 실을 풀어서 장갑이나 목도리를 짰다
바지와 잠바 자끄는 뜯어 냈다가 언제든지 다른 옷에 투입되었다
장롱 깊숙한 서랍은 엄마만의 보물 창고였다
아무도 몰랐다 엄마의 수줍게 빛났을 솜씨를
엄마 가신 후에야 발견한 분홍색 보퉁이
매듭을 풀자 언제 적 옷에서 오려 낸 것인지
쇠는 비틀리고 실밥도 채 떨어지지 않은 자끄 한 뭉치가 나왔다
이걸 지퍼라고 말할 순 없다

자끄라야 엄마의 서러운 보물을 이해할 수 있다
아무 때나 누구의 옷에나
열고 닫고 마음껏 고칠 수 있었던 엄마의 자끄
이젠 기워야 할 자식도 없고
자끄가 필요한 옷도 없지만 콧날이 시큰거려 자끄만 만지작거린다
성한 자끄는 몇 개 없었다
지난날 우리가 살았던 시간을 외워 온 듯했다
성한 자식은 몇이나

내가 돼지를 만날 때

삼겹살을 사고 나오는 길이었다
신호 대기 중 앞에서 달려오는 차는 짐칸이 거대한 트럭이었다
트럭이 내 옆을 지나갈 때 꾸엑, 하는 소리가 들렸다

나는 보았다 돼지들을
돼지들이 트럭에 실려 도살장으로 향하고 있었다
나는 죽은 돼지의 살을 샀고, 돼지들은 이제 죽으러 가는 중이었다
죽은 동물의 살을 구워 먹으며 돼지가 흘릴 피는 조금도 생각하지 않을 것이었다
돼지의 명복을 빌 필요도 없고
그저 돼지의 살이 부드러운지 질긴지를 생각할 것이고
돼지의 운명이나 돼지 사후를 걱정하지도 않을 것이었다

나는 돼지를 먹는 사람
돼지는 먹히는 동물
우리는 엇갈려 지나가며 삶과 죽음을 교차했다
평생 먹고 싸고 또 먹고 싸기를 반복하다가 끝내 남의 살이 된다는 건 무엇일까
따위 생각하지 않고 꾸역꾸역 삼겹살을 구워 먹었다
꾸엑, 하던 돼지

벼

알곡이 차오를 때의 들녘은 상긋한 금빛
여름이 익어 가는 냄새
피와 살이 될 냄새
언젠가의 너의 냄새
주먹 꽉 쥐고 맡았던 엄마 냄새

우포늪

나는 심었지요 빛을
늪 한가운데에서 어느 날 노란색이 자라기 시작했어요
바람이 불었고 새가 날아와 쪼았고 길이 났어요
새들의 발가락에 그렇게 많은 구름이 뭉쳐 다니는 줄 누가 알았을까요?
늪은 알았을지도
빛에서 발아한 색들이 늪을 굼실굼실 펼쳐 들었을 때
누가 그걸 읽을 생각을 했나요?
받아 적을 생각을 했을까요?
풀숲의 고라니가 힘껏 뛰어다닐 때 노란색은 가만히 늪을 덮어 버렸답니다
물이 힘껏 색을 들이켰어요
아름다워졌지요

오래 빛나는 새

주인 잃은 배는 자연에 귀속된다
풍경 안에서 풍경을 집중하거나 허물어뜨리는 역할을 한다.
늪이 보자면 저 배는 물 위에 떠다니는 부엽식물과 같다
떠돌아다니며 제 일생을 밀고 간다
떠돌이는 모든 시간이 비어 있고 무엇이라도 담을 수 있기에
언제부턴가 빈 배는 새들이 좋아하는 장소가 된다
왜가리는 배에 올라가 쉬는 걸 좋아한다
청둥오리는 빈 배를 한 그루 나무처럼 여기고 그 옆에서 잠이 든다
배가 잃어버린 방향은 새들의 발목에서 멈춘다
서로의 풍경을 잘 알아서 먼 길을 떠나기 전까지 믿고 맡아 준다
봄이 오면 새들이 날아가고 배는 홀로 남는다
늪 안에서 오래 빛나는 새가 된다

지금이 가장 좋다

밤하늘이 한 발자국씩 이동하고 있다
겨울에서 봄이 오고 있다
아득하던 오리온 별자리가 환하게 눈에 들어온다
빛은 동쪽에서 서쪽으로 흘러가고
지구는 돌아가고
우리의 이별은 차고 이지러지는 달처럼 자연스럽다
삼월의 마늘밭은 아침이면 더 푸르게 목을 늘일 것이다
저 계절에서 이 계절로 넘어온 깊은 물결
나의 남루함이 새로운 남루함을 걸친다 해도
따스하게 반겨야 할 얼굴이 있다
매일 달이 조금씩 멀어지고 있듯이
어떤 계절에 걸쳐진 밝음은 어두운 숲의 다른 이름일 수 있다
어쩌면 너의 가장 아름다울 시절이 여기에
나는 지금이 좋다 착하고 명랑하게
매일 눈뜨는 아침이

버드나무에 부는 바람

바람이 불면 한 뼘 허공이 열린다
가지 사이로 유유히 사라지는 새
바람은 소리를 내어 모든 것의 이름을 불러 준다
잎들은 세세히 진정을 다해 소리를 받는다
사라지는 마지막까지 기꺼이 호응하는 것
나무와 나뭇잎의 관계
붙어 있을 때와 같이 떨어질 때에도
날아가기 위해 바람을 들이고
물이 들어 처음과 끝을 놓는다
스미어서 끝내 잊으려고

모두 걷고 있다

지금 네가 지구를 걷고 있듯이
지구가 우주를 걷고 있듯이

나뭇잎이 나무의 일에 참견하지 않듯이
꽃받침이 꽃술을 애태우지 않듯이

사람이 사람을 사랑하듯이
헤아릴 수 없는 걸음이 밤하늘의 별을 수놓듯이

산이 걷고 있듯이
뿌리가 걷고 있듯이

나는 너를 향해 걸어가고 있다
새들이 날아가듯이

물고기가 헤엄치듯이
당연한 것이 당연하듯이

물은 물길을 걷고
나는 너를 만나러 오늘도 천천히 걷고 있다

해설

스미고 번지는 것들을 위하여

임동휘(문학평론가)

1. 걸음으로써 스미는 것들

오늘날의 삶에서 필연적으로 마주칠 수밖에 없는 속도나 빠름, 주기 등은 항상 피로감을 동반하기 마련이다. 수직의 세계가 견인하는 이러한 요소들은 극단에 이른 물질문명의 현실 속에서 비껴갈 수 없는 현상이 된 지 오래다. 궁극을 향하는 문명의 이기는 감당할 수 없는 속도로 일상을 제압하는 한편 그때마다 체념하거나 모르는 척 눈감을 수밖에 없었던 익숙한 무력감은 실낱같은 의지마저 무참하게 살해하고 마는 참혹한 시간을 반복하게 만든다. 이러한 현실 속에서 편안한 저녁 산책 같은 여유로 읽히는 손남숙의 시집 『새는 왜 내 입안에 집을 짓는 걸까』는 느린 걸음이 밟고 지나가는 자리마다 스미고 번지는 빛과 색, 소리의 우거짐으로 수북하다.

걷는 행위가 느린 속도로써 자신의 존재를 드러내는 것이라면 그것은 이미 빠름과는 거리가 먼, 어쩌면 전근대적 유산일지도 모른다. 걸어가는 동안 주변의 사물들 속으로 스며들어 하나가 되는 일은 빠름을 요구하지 않을뿐더러 스며서 달라진 성질이나 형상을 강제하지도 않는다. 이때 시인이 주목하는 것은 그동안 무심하게 지나쳤던 '소리'다. 모든 호흡 있는 것들이 내는 이 "소리의 연쇄성"이야말로 "살아 있는 생명체로 작동하는 것"(「숲의 나무들에게 물결을」)이라는 사실을 알기 때문이다. 그리하여 시인은 "홀로 가만히 존재하는 모든 것을" "듣는 사람"(「걷는 사람」)으로, 동시에 "무엇이든 할 수 있는" 사람으로 고유한 정체성을 획득하게 된다.

> 회화나무는 멀리 연둣빛으로 걸어와 말을 건다
> 나무의 우묵한 가지 안에는 옛이야기 깃들어 있어
> 아이들은 몰래 숨어서 엿듣곤 했지
> (중략)
> 들어 봐, 나무가 가만히 불러 주는 호흡이야
> 얼마나 오래 걸어온 걸음인가
> 너에게 가려고 수백 년 전에 늘어뜨린 그늘
> 휘어지는 가지마다 수백 송이 고백이 너를 따라
> 흐른다
> 꽃이 피었어
> 오직 너에게만 들릴 노래
>
> —「회화나무가 걸어와」 부분

걸어가던 걸음을 잠시 멈추었을 때 시인은 그곳에 존재하는 사물들이 속삭이는 온갖 소리와 마주한다. 이러한 사건은 걷는 내내 스치는 냄새와 색이 어우러져 들려주는 '살아 있음'으로 그들과 하나가 되는 순수의 시간으로 현상된다. 말하자면 "나무가 가만히 불러주는 호흡" 속에 "옛이야기가 깃들어" 있다는 사실을 깨닫는 것인데 꽃으로 피어나는 나무의 고백이 그 한 예다. 이렇게 나무의 호흡에 귀를 기울이는 동안 시인의 몸은 연둣빛을 머금은 회화나무의 "우묵한 가지"와 하나가 되는 것이다.

내 몸의 칠십 프로는 물이고 나무 역시 그렇다
물로써 연대할 수 있는 친연성
그것은 구멍과 구멍
흡수와 발산을 통한 알아챔
서로의 눈동자에 고이는 정겨운 물길을 알아보는 것

그러니 아무 생각도 하지 않은 것은 아니었다
나무에게로 허리를 굽힌 세 시간
나는 만지작거리던 오후를 내려놓고 나무의 굽이치는 세월을

흠뻑 가까이로 당긴다

—「찰칵」 부분

친연성은 혈연으로 맺어진 고유성이다. 이를테면 손남숙 시인에게 '우포늪'은 개인의 경험과 의식이 반영된 상징적인 장소로서 동질성을 확인할 수 있는 곳이다. 다시 말해 "이 숲이 내게 오기까지의 그늘과 햇빛을/깊어진 눈망울과 더디게 쌓은 우정을 곡식처럼 꼭꼭 씹어" "더 새록새록 읽어지는 시간"(「이제 와 무슨」)으로 현현되는 신성한 장소다. 이곳에서 시인은 "수백 년 수만 시간을 그 자리에"서 담담하게 견디는 왕버들과 마주하고 "서로의 눈동자에 고이는 정겨운 물길을 알아"보는 것이다. 그렇게 되기까지 고작 세 시간이 소요됐을 뿐이지만 "나무의 굽이치는 세월을 흠뻑" 끌어당기는 동안 골똘해진 생각은, '나'는 "잠시 지나가는 먼지나 비구름 같은" 존재일지라도 "구멍과 구멍/흡수와 발산"을 통해서 왕버들과 "물로써 연대"하는 관계라는 놀라운 경이를 체험하게 된다. 나무와의 친연성은 그렇게 이루어진다.

이처럼 손남숙 시인에게 걷는 일은 "왕버들 숲에 들어가 나는 혼자 즐거웠던"(「이제 와 무슨」) 시간처럼 무수한 생명과 조우하고 대화하며 사색하는 절대의 시간으로 작용하는 셈이다. 그러므로 빛과 바람과 색이 낳고 품은 우포늪이야말로 손남숙의 시세계를 추적하는 비밀스러운 촉매제가 아닐 수 없다.

> 빛에서 발아한 색들이 늪을 굼실굼실 펼쳐 들었을 때
> 누가 그걸 읽을 생각을 했나요?
> 받아 적을 생각을 했을까요?
> 풀숲의 고라니가 힘껏 뛰어다닐 때 노란색은 가만히 늪을 덮어 버렸답니다
> 물이 힘껏 색을 들이켰어요
> 아름다워졌지요
>
> —「우포늪」 부분

우포늪은 지극히 본능적이다. 그곳은 색으로 구분 짓고 소리로 분별하고 더러는 움직이는 공기의 파장이나 냄새를 따라 스스로 살아가는 방법을 모색한다. 인간의 하찮은 감각으로는 이들의 은밀한 행사를 따라잡을 수 없다. 다만 "빛에서 발아한 색들이 늪을 굼실굼실 펼쳐 들었을 때"나 "물이 힘껏 색을 들이켰"을 때와 같은 은밀한 변화를 통해서 생장하고 소멸하는 생명체의 판독이 가능해진다. 이

같은 변화를 읽고, 받아 적는 시인의 통찰은 여기에서 그치지 않는다. "박새가 포플러나무 새순을 먹는 것 같지만 사실은/봄을 물어 와 나무에게 전하는 것/쫑긋한 부리로 슬쩍 갖다 대기만 해도 봄이 묻는다"(「선물은 홍겹게」)는 진술에서도 생명의 아름다움을 고스란히 내장한 우포늪의 진면목을 확인할 수 있다. 그런 까닭에 손남숙 시인에게 '우포늪'이 상징하는 것은 "주먹 꽉 쥐고 맡았던 엄마 냄새"(「벼」)에 다름 아니다.

2. 번지는 것들을 위한 노래

냄새야말로 우리가 살아 있음을 확인할 수 있는 결정적 증거다. 냄새를 인지하는 후각은 다른 감각기관에 비해 가장 원초적이다. 그럼에도 후각으로 감각된 사실을 표현하는 수사가 지극히 제한적이라는 점을 상기한다면 냄새의 속성이 얼마나 복잡미묘한 것인지를 유추하기란 그리 어렵지 않다. 다르게 말하면 냄새가 비단 후각기관이 포착하는 어떤 기운을 살피는 것뿐만 아니라 사물이나 분위기 따위에서 느껴지는 특이한 성질이나 낌새까지도 함의하기 때문이다. 이는 당시의 기분이나 감정, 상황, 조건 등을 환기하는 은유로도 손색이 없을 만큼 그 현상이 내포하는 의미가 우리의 삶과 직접적이라고 할 수 있다. 따라서 「여름 우포늪」이 보여 주는 변화무쌍한 빛과 소리와 색이 스미고 번져서 퍼지는 냄새는 무엇 한가지로 요약될 수 있는 것이 아니다. 게다가 시인은 "일제히 확 번지게 할 묘안이 없을까" 궁리하지 않는가.

색이 분화된다
색이 발라진다
누가 발라 주는 것이 아니라 색이 스미고 붙는다
색이 선을 입히면서 빠르게 늪 둘레를 잇는다
색은 색들이 되고
수면을 지우며 이전의 기억을 덮는다
(중략)
첫 작업은 벌써 끝냈다
색을 불러들였으므로 배어들게 하고 입히고
서로 다른 색을 엇갈리게 할 일은 물을 쟁기질하는 바람이 할 것이다
생이가래, 개구리밥, 마름 사이에서 보글보글
서로의 색을 눈여겨보고 있다
일제히 확 번지게 할 묘안이 없을까?

—「여름 우포늪」 부분

'번지다'의 의미가 서로 다른 두 개 혹은, 여러 물질이 한데 뒤섞여 그 경계가 흐려지거나 성질이 달라지는 상태에 이르는 것이라면 '여름 우포늪'은 더할 나위 없다. 색이 분화되고 발라지는 배경이 "물이 힘껏 색을 들이켰"(「우포늪」)을 때 생기는 현상이라면 "서로 다른 색을 엇갈리게 할 일은 물을 쟁기질하는 바람이 할 것"이기 때문이다. 여기에서 '바람'이 지시하는 메타포가 자연적인 질서 또는 순환이라고 한다면 앞서 말한 생장과 소멸에 관한 비밀은 명확해진다. 그러므로 "색은 색들이 되고/수면을 지우며 이전의 기억을 덮는" 과정이야말로 "물이 들어 처음과 끝을 놓는다/스미어서 끝내 잊으려고"(「버드나무에 부는 바람」) 하는 나무와 나뭇잎의 한 생애를 들여다보는 것과 마찬가지 이치다.

> 골판지 같은 슬레이트 지붕에 슬어 놓은 벌레집과
> 나무껍질 안에 숨은 애벌레와
> 담벼락을 칭칭 감아올린 넝쿨의 움직임을
> 나도 더 들여다보아야 한다
> 썼다 지웠다 하는 사이 좁아진 문장이 어른거린다
> 한참 들여다보아야 한다
>
> —「들여다보아야 한다」 부분

거미는 말하지 않아도 이미 주인이 되었고 나보다
더 넓고 자유롭게 이 방을 사용하고 있다
나의 권리와 실제 삶을 뛰어넘는 거미의 삶은 이미
인간과 곤충의 사이를 넘어선 것이다
나는 거미 한 마리만큼도 이 방을 사랑하지 않았다
저토록 긴 행보와 활짝 공개된 여유를 갖지 못했다

—「나와 같이 동거하는 거미」 부분

"물을 잼기질"하는 바람을 껴입고 우포늪은 늙어가고 또 젊어진다. 찬란하고도 엄숙해지는 시간이다. 그러한 색의 분화와 번짐을 "썼다 지웠다" 하는 사이, 비로소 "좁아진 문장이 어른거"리는 것처럼 빛을, 바람을, 벌레집을, 넝쿨의 움직임을 읽고, 받아 적는 시인에게 "새벽 세 시는 철썩이기 좋은 시간"(「오래전 바다」)일 것은 분명해 보인다. 세상에 모든 호흡 있는 것들조차 잠시 숨을 내려놓는 그 시간, 시인은 홀로 깨어 무수한 생명이 스미고, 번지는 것을 온몸의 감각으로 환하게 맞아들이는지도 모를 일이다. 거미와의 동거 또한 "공개된 여유"를 회복하기 위한 일련의 과정으로 읽을 수 있다면, "둥근 가시연꽃이 물을 빨아들이며 둘레를 키워 가듯이//점점 더 가지런하게 수면을 수놓아 보는 거다/물보다 가벼워지는 거다/그래 보는 거다"(「그래 보는 거다」)라는 바람 역시 걸음도, 생각도, 시간도 내려놓은 채 더 가벼워졌을 때라야 가능할 수 있다는 묵시가 된다. 이때의 '우거짐'이야말로 상생의 삶을 살아가는 참된 '살이'가 될 것이다.

3. 모든 우거지는 것들을 위하여

그렇다면 우포늪에 몸을 기대어 살아가는 삶은 어떤 모습일까? 시인에 의하면 그곳은 "뼈대가 삭은 노인들이 살고"(「하우스」) "국경을 정복하고 드넓은 초원을 달리던 전사의 후예"(「어느 날 사내들이 들판을 걸어간다 며칠 후 사라진다」)가 유랑민처럼 떠도는, 이제는 유물이 되어 버린 오래된 풍경이 자리한다.

> 흐린 날에는 냄새들이 더 가까이 온다
> 너의 항문과 머리를 가득하게 채웠던 물질과 에너지
> 향과 냄새를 가르는 기준은 한 방울의 물과 들이켜는 호흡에서 시작하지만
> 너를 이루었던 모든 것들

너와 함께 구멍이란 구멍을 돌고 돌아서 마침내 들판에 나온 냄새

(중략)

너의 똥과 나의 똥이 들판에서 만나 한 계절을 이룬다

그러므로 너는 나를 만나려고 거기서부터 시작했고

나는 그때부터 너를 만나기 위해 걸었다

보이지 않는 냄새로 보이는 열매로 만들어 내는 신기하고도 놀라운 마법의 들판

그 노래를 듣기 위해 우리의 몸은 한방향으로 흐른다

흙냄새 나는 별빛과 국경을 넘은 이야기가 뭉근하게 섞인다

이국에서 온 여자들이 고랑마다 앉아서 마늘을 심고 있다

—「너는 나를 만나려고 거기서부터 시작했고」 부분

하지만 이런 풍경은 더 이상 낯설지 않다. "항문과 머리를 가득하게 채웠던 물질과 에너지"가 쏟아 내는 냄새에는 삶의 연속성이 포진해 있다. 냄새가 표방하는 중의적 의미가 삶－죽음－삶으로 이어지는, "구멍이란 구멍을 돌고 돌아서" "보이지 않는 냄

새로 보이는 열매로 만들어내는 신기하고도 놀라운 마법"이 우리의 몸과 자연이 만들어내는 순환의 결과라면 이와 같은 연속성은 생명의 보존과 확장이라는 차원에서 불가분의 관계를 맺는다. 이 사실은 국적이 다르고 인종이 다르다고 해서 바뀌는 것이 아니다. 그러므로 "너의 똥과 나의 똥이 들판에서 만나 한 계절을" 이루는 것처럼 "흙냄새 나는 별빛과 국경을 넘은 이야기가 뭉근하게 섞"이는 현장에 "이국에서 온 여자들이 고랑마다 앉아서 마늘을 심"는 풍경은 평범한 일상이 되는 것이다.

산업화 이후 우리에게 닥친 현실은 첨예해진 도시화에 따른 공동체의 붕괴와 피폐해진 개인이다. 그 결과 신화적 삶을 욕망하는 반동으로 농경 생활에 대한 동경은 증폭되었지만 정작 그곳에 머물기를 원치 않는다. 이러한 사정은 "빈집에 나무와 나무만이 서로 울어"(「꽃이 운다면」) 주고 "고향을 사랑하는 사람들이 고향을 버리"(「왜 울지」)고, "철골만 남은 하우스들"(「하우스」)이라는 장면에서 오롯이 투영되어 있다.

빛은 물속에서 우거진다
반영된 나뭇가지는 거꾸로 서서 하늘을 입는다

물과 하늘이 서로 자리를 바꾸어
풍경의 정수리를 드러나게 한다
진실은 그대로 진실일까
거슬러 올라온 길들이 지나온 걸음을 지워 갈 때
뒤축에서부터 말개지는 얼굴들
하나도 같은 것이 없다
우거지며 서로를 비추는 거울이 된다

—「물의 우거짐」 전문

무엇이 진실일까? 수면에 비친 나무일까, 아니면 물과 하늘이 서로 자리를 바꾼 풍경일까? 그것도 아니면 물속에 어린 빛의 정체일까? 시인은 어느 쪽도 진실이라고 말하지 않는 대신 "하나도 같은 것은 없"지만 "우거지며 서로를 비추는 거울"이 되는 우포늪이야말로 우리의 현실을 반영하는 척도라고 암시한다. 삶의 내면을 구축하는 현상과 실재의 모순은 여기에서 별반 다르지 않다. 다음의 시는 이와 같은 정황을 잘 함축하여 보여 준다.

들판을 지날 때 바람결에 말아지는 냄새
자지러지는 매미 소리처럼 퍼붓는 농약 줄기
아침저녁 논에 사는 물것들이 사라진다

(중략)

벼는 살고 다른 것은 죽어야만 그치는 세계

사람이 좋아하는 것만 살아남도록 유도하는 세계

다른 생명은 필요 없고 오직 벼만

쌀로 돈을 만들어야 하는 농부의 세계

—「논」 부분

풍성한 수확을 바라며 농약을 살포하는 행위를 무턱대고 탓할 수는 없다. 그렇다고 먹고사는 일이라고 치부할 수만도 없는 일이다. 어느 쪽이든 섣불리 판단하기 어려운 까닭이다. 그러나 우리는 앞서 '살이'에 대해 잠시 돌아본 바 있다. 시집에 두루 언급된 개개비, 밀잠자리, 박태기, 물들메나무, 황조롱이, 부들, 큰고니, 왜가리, 회화나무, 박새, 오색딱따구리, 흰눈썹황금새, 흰뺨검둥오리, 장구벌레, 논고동, 노랑턱멧새 등의 존재들에 대해서 '상생'이라는 거창한 구호를 되새기지 않아도 알 수 있다. 한 줌의 관심만으로도 우리가 꿈꾸는 삶이 가능해진다는 것을. 그럴 수 있다면 비록 차고 넘치지는 않을지라도 삶의 각박함은 모면할 수 있다는 사실을.

우포늪이 우리 삶을 규준 짓는 하나의 모델이라면 시인의 충고대로 조금 더 가벼워지기 위한 노력은 지속되어야 할 것이다. 그것을 최소한의 몫이라고 했을 때 불합리한 삶의 구조는 당연한 것조차 용납하지 않는 경우가 흔하다. 그럼에도 불구하고 시인은 "당연한 것이 당연하듯이//물은 물길을 걷고/나는 너를 만나러 오늘도 천천히 걷"(「모두 걷고 있다」)기를 멈추지 않는다.

새는 왜 내 입안에 집을 짓는 걸까

2020년 11월 27일 1판 1쇄 펴냄

지은이 손남숙
펴낸이 김성규
책임편집 김은경 미순 조혜주
디자인 김동선
펴낸곳 걷는사람
주소 서울 마포구 월드컵로16길 51 서교자이빌 304호
전화 02 323 2602
팩스 02 323 2603
등록 2016년 11월 18일 제25100-2016-000083호

ISBN 979-11-89128-98-2 04810
ISBN 979-11-89128-01-2 (세트)

* 이 책은 경남문화예술진흥원의 문화예술지원금을 보조받아 발간되었습니다.

* 이 책의 국립중앙도서관 출판시도서목록(CIP)은 서지정보유통지원시스템 홈페이지(http://www.seoji.nl.go.kr)와 국가자료공동목록시스템(http://www.nl.go.kr/kolisnet)에서 이용할 수 있습니다. (CIP제어번호:2020049160)